新雅‧寶寶生活館

超人咚咚 和 超人噓噓

梅怡　梅莎

著／圖

新雅文化事業有限公司
www.sunya.com.hk

我是

超人噓噓！

我們超人小子將會教你辦兩件事，那就是1號小事和2號大事。

這兩個神秘的代號是什麼意思？
那就是小便和大便。

當我們感到屁股癢癢，

發出噗噗聲響，

鮮花香味

6

8

那最難辦的是
什麼呢？

就是等待！

對，我們
耐心地等待！

錯了？
幫幫忙，小企鵝找爸媽
我愛刷牙
杜比學做大孩子

因為好東西
都是留給有耐性
的小孩子！

就好像爸爸
給的棒棒
糖、老師給
的貼紙和
媽媽給的抱
抱！

等呀等，

等呀等，

11

咚，咚！
成功大便了！

現在你知道為何我們能夠成為 **超人咚咚** 和 **超人噓噓** 了吧！

你也想跟我們成為超人小子嗎？

誰也會為家中的超人小子拍手祝賀！

爸爸媽媽還會給你**大孩子**才能穿的**小褲子**！

18

19

誰要試試咚咚和
噓噓呢？

我要！
我要！

咚咚和嘘嘘後，
別忘了清潔屁股；

還要沖廁，跟咚咚和
嘘嘘說再見；

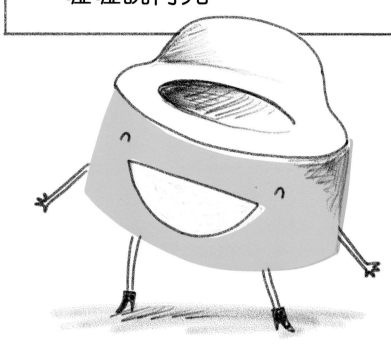

最後，
記住要洗手啊！

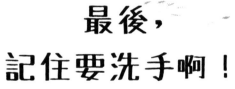

洗洗手，
大家一起
洗洗手！

肥皂

超人咚咚和
超人噓噓要
出動了，一起
來吧！

若不小心尿
了，也不要
緊的。這只
是小意外！

噢！

你做得到！

致送給各位小孩子：加油啊！
解放你的屁股，別讓尿布跟着你上學去！

致送給天下的爸媽：加油啊！
要對孩子有信心，他們最終一定會學懂的！

24

新雅・寶寶生活館

超人咚咚和超人噓噓

作者：梅怡（Eunice Moyle）和梅莎（Sabrina Moyle）

繪圖：梅怡（Eunice Moyle）和梅莎（Sabrina Moyle）

翻譯：小花

責任編輯：黃花窗

美術設計：陳雅琳

出版：新雅文化事業有限公司

香港英皇道 499 號北角工業大廈 18 樓

電話：(852) 2138 7998

傳真：(852) 2597 4003

網址：http://www.sunya.com.hk

電郵：marketing@sunya.com.hk

發行：香港聯合書刊物流有限公司

香港新界大埔汀麗路 36 號中華商務印刷大廈 3 字樓

電話：(852) 2150 2100

傳真：(852) 2407 3062

電郵：info@suplogistics.com.hk

印刷：中華商務彩色印刷有限公司

香港新界大埔汀麗路 36 號

版次：二〇一八年七月初版